Petites histoires du PÈRE CASTOR qui font grandir

www.flammarion-jeunesse.fr

Vous pouvez retrouver chacune des histoires de ce recueil dans les collections du Père Castor.

Une précédente édition a paru sous le titre :
Les plus belles histoires du Père Castor qui font grandir

Éditions Flammarion (n° L.01EJDN001624.A002)
87, quai Panhard-et-Levassor – 75647 Paris Cedex 13
ISBN : 9782081449886 – Dépôt légal : avril 2020
Imprimé au Portugal par Printer en juillet 2020
Loi n° 49-956 du 16 juillet 1949 sur les publications destinées à la jeunesse

Petites histoires du PÈRE CASTOR qui font grandir

PÈRE CASTOR

LIRE DES HISTOIRES AUX ENFANTS

Qui n'a jamais raconté une histoire à un enfant ?
Une histoire, bien sûr ! Mais laquelle, comment la choisir ?
Et puis... pourquoi raconter des histoires aux enfants ?
À partir de quel âge ? À quel moment ?

Lire une histoire à un enfant, c'est partager avec lui **un moment privilégié de calme et d'apaisement.**
L'adulte et l'enfant qui se retrouvent autour d'un livre sont complices. Quoi de plus agréable que de se blottir l'un contre l'autre, de se rassurer mutuellement lors d'un passage qui fait un peu peur, de sourire ensemble des péripéties d'un personnage ?

Lire une histoire à un enfant, c'est l'amener dans **le monde des découvertes** et satisfaire **sa curiosité**.
Les livres permettent à l'enfant de sortir de son univers quotidien. Le voilà transporté, le temps d'une histoire, dans un pays lointain, à une autre époque, ou parmi des animaux sauvages...
En écoutant l'adulte qui lit, l'enfant peut lui poser mille questions sur le texte comme sur les images. Le moment privilégié de la lecture est propice au dialogue.

Lire une histoire à un enfant, c'est lui permettre de **développer son imaginaire et sa créativité.**
L'adulte peut rythmer la lecture en changeant de ton tout au long du récit : il chuchote ou prend une voix grave, il fait des pauses pour ménager le suspense, et il permet à l'enfant de participer à l'histoire : « Que va-t-il se passer maintenant ? Tu as une idée ? »
L'enfant laisse vagabonder son imagination. Cet espace de liberté est très important pour le développement de sa créativité. Il relie d'abord les éléments du livre à ce qu'il connaît. Il imagine ensuite ce qu'il ne comprend pas. Il sort enfin de l'histoire pour inventer ses propres scénarios.

Lire une histoire à un enfant, c'est lui faire découvrir **le monde des mots et des idées.**
Quel que soit son âge, même quand il sait déjà lire tout seul, l'enfant va enrichir son vocabulaire, apprendre des tournures de phrases et se familiariser avec la structure d'un texte.

Lire une histoire à un enfant, **le soir**, c'est l'aider à **s'endormir sereinement.**
Toute la journée, l'enfant est sollicité, il est actif, toujours en mouvement. Le soir venu, il doit progressivement accepter l'obscurité et le silence, qui peuvent être source d'angoisses. En proposant un moment de lecture à l'enfant, l'adulte va l'aider à passer en douceur du monde réel au monde des rêves.

Les Petites Histoires du Père Castor

Selon les âges, les jours, et les moments, un enfant peut avoir envie d'histoires différentes. Pour vous aider dans votre choix, ce recueil comprend 3 index.
- **L'index par âge** permet de choisir l'histoire en fonction de l'âge de l'enfant.
- **L'index par temps de lecture** permet de choisir l'histoire en fonction de la disponibilité de l'enfant mais aussi de celle de l'adulte : l'enfant est-il fatigué ? Sera-t-il assez attentif pour une histoire longue ? L'adulte veut-il lire une histoire de 15 minutes ou 3 histoires de 5 minutes ?
- **L'index par thématique** permet de choisir l'histoire en fonction des intérêts de l'enfant et de ce que l'adulte veut lui faire découvrir. L'enfant veut-il écouter une histoire réelle ou une histoire imaginaire ? L'adulte a-t-il envie de lire une histoire de relation parent/enfant, ou une histoire qui parle des relations aux autres ?

Un enfant peut aimer qu'on lui lise pendant des semaines toujours la même histoire, jusqu'à ce qu'il la connaisse par cœur. La même histoire, les mêmes personnages, les mêmes aventures : c'est un rituel rassurant. Quand il se sentira prêt à découvrir d'autres mots, d'autres personnages, il demandera de lui-même une autre histoire.

Depuis 1931, le Père Castor crée les classiques de la littérature pour enfants, pour le plaisir toujours renouvelé du partage de la lecture...
Avec ces 10 histoires, il y aura toujours une histoire à partager.

SOMMAIRE

Le seul roi, c'est moi !

René Gouichoux, illustrations de Laurent Richard

Tous les matins, dès son réveil, Roi traverse la galerie des ancêtres. Il salue les anciens, et vérifie dans le miroir que sa couronne est bien en place.

Et il proclame, devant la glace :
– **Qui est le roi ? C'est moi. Et pourquoi ?**
Parce que c'est comme ça !

Allez, hop ! direction la cuisine.
Sa mère l'accueille comme il se doit :
– Mon petit roi ! dit-elle, en lui tendant les bras.
– C'est bien vrai, Maman, que je suis le roi ?
– Mais bien sûr, mon petit roi à moi.
– Tu es d'accord, Papa ?
– Ah ça, dit son père,
plus roi que toi,
je ne vois pas...

Maintenant, pour Roi, la journée peut vraiment commencer.
Il déjeune, puis nage, pêche, chasse, danse, dîne.

Le soir, avant de se coucher, Roi reste longtemps à contempler sa couronne. Il l'astique, il la bichonne, et même... il l'embrasse.

Et puis un jour, la mère de Roi s'en va à la clinique.
C'est normal, elle attend un bébé.
Le père de Roi l'accompagne.
Et la tata de Roi vient pour garder son neveu.
Pour lui, rien ne change.
Il déjeune, puis nage, pêche, chasse, danse, dîne.

Toute la journée, Roi s'assure que sa couronne est bien en place, sur sa tête. Et il répète, devant la glace :
– **Qui est le roi ? C'est moi. Et pourquoi ?**
Parce que c'est comme ça !

Et puis, quelques jours plus tard,
drinn... drinn, la porte d'entrée s'ouvre,
et la maman de Roi apparaît
avec son nouveau bébé dans les bras.
C'est encore normal, puisqu'il, euh... « elle » est née.
Maman se penche vers Roi.
– Regarde, mon chéri, voici ta petite sœur.
– Tu parles d'un p'tit moustique !
– Tu veux bien lui donner un bisou ? demande sa mère.
– Oui, d'accord, répond Roi.

Roi donne un bisou du bout des lèvres au bébé.
– Tiens, p'tit moustique !

Et là, stupeur, que voit-il ?
« Elle » porte une couronne. Une petite couronne,
mais une couronne cependant ! Et ça, Roi ne le supporte pas.
Le seul roi, c'est lui. Il porte une couronne depuis si longtemps !

« Mais c'est impossible », se dit-il.
Il est catastrophé :
– Maman ! gémit-il, elle a... elle a une couronne.
– Ben oui, mon chéri, c'est normal, ta petite sœur est une reine.
– Mais... mais... mais... bégaie Roi.

Mais Maman a bien d'autres choses à faire
que de s'occuper de Roi.
Il faut changer le bébé, le laver, lui mettre du talc.

Roi interroge son père. Et son père lui répond :
– Elle est belle, ta sœur, n'est-ce pas ? C'est la plus jolie reine de tout le pays !
– Mais... mais... mais... bégaie Roi.

Mais Papa a bien d'autres choses à faire que de s'occuper de Roi.
Il faut préparer le biberon, installer le lit et les jouets qui font de la musique.

Roi bondit dans le couloir, jusqu'à la galerie des ancêtres. Eux vont l'écouter, c'est sûr.
– Vous comprenez, dit Roi, ce n'est pas possible !

Dans leurs tableaux, les ancêtres restent muets.
– Ah ! je vois, dit Roi. Vous ne dites rien, vous pensez sans doute que ma sœur doit aussi être reine. Vous êtes de son côté, voilà tout.

Roi s'approche rageusement du tableau de Pépé Léon. Il se colle presque à son visage pour lui parler :
– Tu comprends, Pépé Léon, je veux être le seul roi, ce n'est pas plus compliqué que cela !

Soudain, Roi croit entendre Mémé Caroline. Il se précipite :
– Comment ? Que dis-tu, Mémé Caroline ? Que ma petite sœur a l'air gentille ? Et toi, Arrière-Mémé Lili, dis-moi donc ce que tu marmonnes ! Qu'elle est jolie peut-être ? Bravo, poursuit Roi. C'est tout ce que vous avez trouvé. Eh bien, qu'elle soit gentille et jolie, et… je ne sais pas quoi encore… je m'en fiche !

De colère, Roi a crié dans le couloir. Il ajoute en disparaissant :
– Et vous allez voir !

Dès cet instant, Roi n'a plus qu'une seule idée :
dérober la couronne de Reine. S'en emparer. Se l'approprier.
Cependant, Roi est malin.
– Surtout, ne pas attirer l'attention, décide-t-il.
Il me faut agir discrètement.

Il guette de longues minutes.
Bientôt, c'est l'heure de la tétée. Le moment rêvé.
Roi s'approche tranquillement, l'air de rien.
Il se glisse contre sa mère, lui fait un gros câlin.
Mais en même temps, il tend le bras doucement,
très doucement, vers la tête de sa petite sœur.
– Ma parole, le taquine sa mère, tu veux encore biberonner.
Mais tu es trop grand pour ça, mon chéri.

Elle le repousse gentiment.
– Raté ! soupire Roi.

Roi reprend son poste de guet, une fois encore.
Hoho ! la poussette est de sortie.
Sa mère installe le bébé.
– Voilà, dit-elle, je vais chercher la petite couverture, et en avant pour une grande promenade !
– C'est bon, dit Roi, à moi de jouer.

Il s'approche, soulève le petit drap.
Ça y est, il va atteindre la couronne.
Ah, zut ! Maman est revenue.
– Elle est jolie, ta petite sœur, tu ne trouves pas ? dit Maman.

Roi ne répond rien, et s'en va.
– Encore raté ! grommelle-t-il pour lui-même.

Les bébés, ça dort et ça tète. Après la tétée, la promenade du matin. Après la promenade, la tétée du midi. Puis la sieste ! Voilà l'occasion.
La mère de Roi quitte la chambre du bébé.
– Fais de beaux rêves, ma petite reine !

Roi attend que sa mère ait franchi le bout du couloir, et hop ! il se glisse dans la chambre, et re-hop ! pas plus dur que ça, il s'empare de la couronne. Et voilà !

Vite, il faut que les ancêtres voient cela.
Roi s'engage dans la galerie, comme pour une parade militaire.
Dans le creux de sa main, il présente son trophée : la couronne de sa sœur.
– Hé, les anciens, vous avez vu ?

Dans leurs tableaux, les ancêtres ne pipent mot.
– Ben keskya ? demande Roi. Allez, je vous écoute, parlez !

Dans leurs tableaux, les ancêtres sont toujours aussi silencieux.
– Ah, je vois, dit Roi, vous pensez sans doute que c'était trop facile. Un combat contre un bébé ! Moquez-vous, les anciens, moquez-vous ! Il n'empêche : la couronne, je l'ai, là.

Roi désigne le creux de sa paume.
– Comment ? grogne Roi, qu'est-ce que j'entends ? Que j'ai l'air ridicule ? Mais, pas du tout. Je suis roi, et elle... elle...

Roi répète à nouveau :
– Moi je suis roi, et elle...

C'est difficile pour Roi, tout à coup.
Il regarde cette petite couronne dans le creux de sa main, et il n'est pas très fier.
Il se tourne vers les ancêtres.
– Allez, semble dire Mémé Caroline dans son cadre.
– Courage ! paraît ajouter Arrière-Mémé Lili.
– Soyons forts, a l'air de commander Pépé Léon.

– Bon, d'accord, admet soudain Roi. J'ai l'air ridicule. Et qu'elle soit reine, ma sœur, après tout, je m'en fiche. D'ailleurs, sa couronne, je vais la lui rendre, et pas plus tard que maintenant.

Roi traverse la maison d'un air décidé.
Il entre dans la chambre de Reine. Elle est réveillée, et gigote dans son lit.
– Tiens, dit Roi, voilà ta couronne, p'tit moustique.

En entendant la voix de son frère, Reine lui sourit.
– Tu peux sourire, dit Roi, je te rends ta couronne, mais je ne te connais pas ! Regarde !

Et voilà Roi qui grimace, avec sa bouche, son nez, ses doigts, sa langue.
Et plus Roi grimace, plus Reine sourit.

Soudain, Maman et Papa entrent dans la chambre.
– Oh, s'exclame Maman, on s'amuse bien par ici !
– Ah ça, dit Papa, seul un grand roi peut faire sourire ainsi une reine. Je suis fier de toi, mon fils.

Roi ne sait pas quoi dire.
– Heu, répond-il, j'étais seulement venu...

Maman s'agenouille près de lui.
Elle prend Roi dans ses bras, et lui murmure :
– Tu étais venu lui dire que tu l'aimes, tout simplement, mon grand roi.

Roi ne répond rien, mais il est très fier.
Il se précipite vers les ancêtres. Il raconte ses grimaces, les sourires de Reine, les compliments de ses parents.
Et il ajoute, en souriant :
– Vous savez, les anciens, finalement, comme reine, elle n'est pas si mal, ma petite sœur.

Et quand il quitte le couloir des ancêtres,
Roi est certain de les entendre s'écrier :
– Vive le roi ! Vive la reine !

Fanny veut être grande

Kochka, illustrations de Philippe Diemunsch

Fanny a quatre ans, et son frère Maxime en a huit.
Alors Fanny a peu de droits, et Maxime en a plein.
Par exemple, Maxime va acheter le pain tout seul, et le soir, il peut lire dans son lit. Quant à Fanny, elle peut aller au square si Maman a le temps, et si Fanny reste jouer près d'elle.
Enfin le soir, elle se couche quand on lui dit, sans discuter.

Fanny rouspète.
Fanny trouve que c'est injuste.

– Non, c'est normal, dit Maxime.
Je suis deux fois plus grand que toi !
– Tu mens, c'est faux ! crie Fanny.
– Ah bon, répond Maxime. Alors dis-moi, 4 + 4 combien ça fait ?
– Je ne sais pas, pleurniche Fanny. Je suis trop petite.
– Voilà ! répond Maxime. Tu es une naine, et je suis un géant.

Fanny s'énerve et se jette sur Maxime.
– Je ne suis pas naine ! Moi aussi je suis géante !

Les vacances de Pâques approchent,
et le centre de loisirs propose un séjour à la montagne.
Maxime n'est pas certain que ce soit une bonne idée.
– Allez, lui dit Papa, sept jours sans avoir ton papa
et ta maman sur le dos ! La liberté, quoi ! Le bonheur !
– Bon d'accord, finit par dire Maxime.
– Tu verras, lui dit Papa, quand tu reviendras,
tu seras un homme !
« Ah bon ? » s'étonne Fanny rongée par la jalousie.
Et elle dit :
– Moi aussi je veux partir !
– Toi, ma Fannette, on verra quand tu seras grande, dit Maman.
– Je suis grande ! crie Fanny en envoyant rouler le chat.

Le jour du départ, Maxime monte dans le train avec d'autres enfants. Ils chantent, rient, et ils mangent des bonbons.
Le train démarre. Sur le quai, les parents agitent les bras et envoient des baisers.
Mais Fanny ne fait rien. Fanny boude.
Elle enrage. Elle n'est pas si petite que ça !
Elle aurait pu partir aussi !

Trois jours plus tard, le facteur dépose une lettre de Maxime. Fanny veut l'ouvrir tout de suite !

– Non, dit Maman en posant l'enveloppe sur la table. Attendons le retour de Papa.

Fanny n'arrête pas de passer et repasser devant l'enveloppe. Quand Papa arrive en fin d'après-midi, elle crie en attrapant le chat :

– Venez vite ! Il faut lire la lettre de Maxime !

Lorsque tout le monde est assis sur le canapé,
Papa ouvre l'enveloppe. Deux feuilles sont pliées dedans.
La première est un dessin pour Papa et Maman.
C'est un dragon furieux face au chevalier Maxime
qui tient une grande épée. Des mots sont écrits dans le feu
qui sort de la bouche du dragon.
Ils disent : « **J'ai vu une cascade. Bisous.** »

La deuxième feuille est pour Fanny. Le cœur battant,
elle la déplie. Une fleur est à l'intérieur.
Maman lit ce qui est écrit dessous : « **Tu es presque géante.**
Ici c'est super ! Bientôt tu partiras aussi ! »
Jamais Fanny n'a reçu une lettre aussi gentille.
D'un bond, elle saute du canapé.

Fanny court chercher sa boîte de feutres et un papier, puis demande :
– Maman, est-ce que tu peux écrire « **bisous** » ?

Maman écrit le mot, et Fanny l'entoure de plein de cœurs et d'étoiles. Ensuite, Maman écrit l'adresse sur une enveloppe et elle colle un beau timbre.
– Je vais la poster ! dit Fanny en enfilant ses chaussures.
– Je t'accompagne, dit Maman.
– Non ! crie Fanny. C'est ma lettre, j'y vais toute seule !
– Laisse-la y aller, dit Papa en souriant à Maman.

Fanny part comme une flèche en serrant sa lettre fort. En faisant attention à ne pas tomber, elle descend les escaliers. Au rez-de-chaussée, elle monte sur la pointe de ses pieds et appuie sur le bouton ; puis avec ses fesses et son dos, elle pousse la porte du hall. La boîte aux lettres est sur le trottoir devant l'immeuble. En haut, Papa est sorti sur le balcon pour suivre Fanny des yeux.

Quand elle revient, Fanny est toute rouge et essoufflée.

– J'ai couru très vite, dit-elle, pour pas que la police m'attrape. Sinon, elle aurait cru que j'étais perdue. Et une dame m'a aidée pour atteindre le trou des lettres !

Fanny a gagné ! Elle se sent une géante !

– Bravo ma grande ! dit Maman.

– Je suis fier de toi ! dit Papa.

Et il l'attrape et la soulève jusqu'au plafond.

Pipi Caca Popot !

Magdalena, illustrations de Claire Frossard

Ce matin, Maman a un cadeau pour Lola, un beau pot jaune.

– Tiens Lola, c’est pour toi, c’est pour faire...

– Merci !

Maman n'a pas le temps
de finir sa phrase,
Lola est déjà loin !

Lola met le pot sous ses fesses
pour cueillir des marguerites.
– Troué ce **tabouret-pot** !

Lola met le pot sur sa tête
pour se protéger du soleil.
– Trop chaud ce **chapeau-pot** !

Lola installe son ours dans le pot.

– Roule pas cette **auto-pot** !

– C’est l’heure du bain ! dit Maman.

Lola rentre avec son pot
et le met dans la baignoire.
– Flotte pas ce **bateau-pot** !

– C'est l'heure de manger !
dit Maman.

Lola donne à manger à son ours.
– Pas assez grand ce **plateau-pot** !

– C’est l’heure de faire pipi,
dit Maman en montrant le pot.

– C’est un **pipi-pot** ?
demande Lola.
– Oui, c’est un petit pot
pour toi, dit Maman.

– Il est juste bien, dit Lola en essayant le pot. Mais j'en veux un autre, un rouge.

– Un autre ? demande Maman étonnée. Pour quoi faire ?

– Pour mon ours, pour qu'il fasse trois petites crottes comme moi. Regarde, dit Lola, toute contente d'elle en montrant son pot.

Le Petit Roi bien comme il faut et son petit bonobo

Nadine Brun-Cosme, illustrations de Laurent Richard

Chez ce petit roi, tout était comme il faut :
la veste rouge juste à la bonne longueur,
les bottes bien cirées, l'épée fixée solidement au côté,
et la couronne plantée droit sur la tête.

Chez ce petit roi, tout était parfait… sauf son petit bonobo.
Il l'avait rencontré bien avant d'être roi.
Avec lui il courait, avec lui il sautait,
avec lui il faisait de l'équilibre et jouait de l'accordéon.
Avec lui il adorait chanter, crier, hurler dans le palais.
Et tout cela en compagnie de Lola, une petite princesse
très délurée qu'il adorait.

Puis il avait grandi. Maintenant, il était roi.
Il ne courait plus, ne sautait plus,
ne hurlait plus avec son petit bonobo,
et ne regardait plus Lola non plus.
Il essayait juste d'être un petit roi
bien comme il faut, et ça n'était pas si facile !

Chaque fois que le petit roi rencontrait
ses conseillers si polis, son petit bonobo
détachait la ceinture
qui tenait son épée.
Et devant les conseillers, la belle épée tombait avec fracas.
Et tous les conseillers riaient.
Et le petit roi se disait, désespéré :
« Jamais aucun des conseillers ne m'écoutera ! »

Lola, elle, ne riait pas. Elle ramassait l'épée
et la tendait au petit roi.
Sans la regarder, sans la remercier, le petit roi
prenait son épée et la replaçait au côté.

Chaque fois que le petit roi réunissait ses ministres si gentils, son petit bonobo sautait sur sa tête et, d'une pichenette, envoyait valser sa couronne.
Et devant les ministres, la belle couronne roulait.
Et tous les ministres riaient.
Et le petit roi se disait, atterré :
« Jamais aucun des ministres ne m'obéira ! »

Lola, elle, ne riait pas.
Elle retrouvait la couronne et la tendait au petit roi.
Sans un regard pour son amie, sans jamais un merci, le petit roi prenait sa couronne et la replaçait tout en haut de sa tête.

Chaque fois que le petit roi ouvrait le bal
devant les si jolies princesses, son petit bonobo
venait s'asseoir sur une de ses bottes bien cirées
et y déposait ses longs poils marron.
Et toutes les princesses riaient.
Et le petit roi se disait, humilié :
« Jamais je ne trouverai à me marier ! »

Lola, elle, ne riait pas.
Elle tendait un chiffon au petit roi.
Sans du tout regarder son amie,
elle qui était pourtant de loin la plus jolie,
le petit roi frottait et frottait ses belles bottes
jusqu'à ce qu'il se voie dedans.

Un jour de grande cérémonie,
le petit roi bien comme il faut avait tout fait comme il fallait :
il avait enfilé ses plus belles bottes et les avait cirées,
il avait posé sur sa tête sa plus belle couronne,
pleine de diamants et de brillants,
et il portait au côté son épée des grands jours,
la plus longue, la plus lourde de tout le palais.

Surtout, il avait interdit à son petit bonobo de l'accompagner.
Pensez ! Une si grande cérémonie, avec tous les ministres,
et tous les conseillers, et toutes les si jolies princesses !

Quand le petit roi arriva devant ses administrés,
tout le monde sourit :
il était propre, il était net, il brillait tant
qu'on aurait cru un beau petit soleil.
Cette fois, le petit roi se sentit
jusqu'au bout des ongles
un petit roi bien comme il faut !

Lola, elle, ne souriait pas :
elle ne reconnaissait plus son petit roi.

Quand le défilé commença,
le petit roi était au premier rang,
seul devant, sur le pont-levis, fier comme Artaban.
Le premier cheval passa, et tout le monde applaudit.
Le deuxième cheval passa, et tout le monde applaudit.
Quand le troisième cheval passa,
le premier conseiller leva le bras :
il voulait montrer la si belle crinière
à la jolie princesse à côté de lui.

Le cheval prit peur, fit un écart et il poussa le petit roi.

Le petit roi bascula par-dessus le parapet.
Il tomba dans l'eau et cria :
– Je me noie !

Personne ne bougea.
Ni les conseillers si polis, qui craignaient de mouiller leur perruque. Ni les ministres si gentils, qui craignaient d'abîmer leur costume. Ni les princesses si jolies, qui aimaient le spectacle et, pour un peu, auraient même applaudi.

Alors, le petit roi sentit qu'avec sa grosse couronne, ses belles bottes et sa si lourde épée, il était un petit roi bien comme il faut qui allait vraiment se noyer.

À côté de lui, soudain, quelqu'un plongea : c'était Lola.
Pour la première fois depuis si longtemps, il la regarda.
Elle nageait vers lui.
Entre deux vagues, surpris, le petit roi se dit qu'elle était vraiment très jolie !

Puis, une petite main qu'il connaissait bien détacha la ceinture qui retenait sa grande épée, tandis qu'une petite tête repoussait sa couronne : son petit bonobo était venu l'aider.
D'un coup, le petit roi se trouva léger et comprit qu'il remontait.

Lola le traîna jusqu'à la berge,
et le petit roi se dit qu'elle nageait drôlement bien.
Il se demanda comment il avait pu l'ignorer.

Assis dans la boue, le petit roi laissa son amie lui retirer ses bottes qui n'étaient plus cirées du tout. Et soudain, il se rappela que Lola avait toujours été là, pour ramasser son épée, pour retrouver sa couronne et pour lui tendre le chiffon.

Tout à coup, il se sentit tout bête.
Alors, il mit son petit bonobo sur sa tête,
prit la main de Lola et, jetant ses bottes au loin, il cria :
– Suffit, tout ça !

Si fort que, sur le pont-levis, tout le monde sursauta !

Depuis ce jour, le petit roi ne porte plus de couronne,
ni d'épée, ni de grandes bottes bien cirées.
Sur son épaule, il porte juste son petit singe,
qu'il a nommé ministre et conseiller.
Après tout, c'est lui qui l'a sauvé !
Les conseillers sont moins polis,
les ministres sont moins gentils, tant pis !

Et près du petit roi, il y a Lola, sa nouvelle reine,
la plus jolie, et qui chante et qui rit de nouveau avec lui.
Si fort qu'on les entend partout dans le pays !

La Nouvelle Chambre de Titou

Sylvie Poillevé, illustrations de Madeleine Brunelet

Titou aime sa chambre au papier bleu,
sa petite ferme pleine d'animaux
et son joli tableau où quatre éléphants
se suivent à la queue leu leu.

Titou aime se pelotonner dans son lit bateau
entre son lapin blanc et son petit agneau,
avec sa couverture aux légères vagues bleutées
bien remontée jusqu'au nez.

Mais ce que Titou aime par-dessus tout,
c'est le gros soleil rouge
qui se couche tous les soirs comme lui,
et semble lui dire bonsoir
de l'autre côté de sa fenêtre.

Alors Titou s'endort le sourire aux lèvres…

Rêve, Titou rêve...
de jouer à saute-mouton par-dessus le soleil
qui roule comme un ballon.

Rêve, Titou rêve...
du soleil doré, du soleil parfumé dans lequel,
comme dans une galette, il va croquer.

Mais ce matin, vite, vite,
il faut tout ranger : sa ferme,
son tableau, son lapin, son agneau !

Vite, vite, il faut tout mettre
dans de grands cartons
qui vont partir vers sa nouvelle maison.

Dans sa nouvelle maison,
sa chambre est plus grande,
mais il y a le même joli papier bleu,
toutes ses petites affaires qu'il aime.
Titou est heureux.

Il a bien son agneau, son lapin blanc...
Pourtant, catastrophe !
Pas de gros soleil rouge pour lui dire bonsoir
de l'autre côté de sa fenêtre.

La nuit est noire ! Quel cauchemar !
Où est parti le soleil ?
Titou se retourne mille fois
dans sa couverture aux légères vagues bleutées
avant de s'endormir épuisé.

Rêve, Titou rêve…
vilain rêve d’une course folle
derrière le soleil qui s’enfuit.

Quand Titou se réveille, triste et fatigué,
une belle surprise l'attend
de l'autre côté de sa fenêtre.

Un gros soleil rose vient de se lever !

Je ne trouve pas le sommeil

Christine Féret-Fleury, illustrations de Mayalen Goust

Ce matin, pendant le petit déjeuner, Maman a dit à Papa :
– Je suis fatiguée. Cette nuit, je n'ai pas pu trouver le sommeil.

Pauvre Maman ! Elle avait dû courir dans toute la maison, et peut-être dans le jardin, au bord de la rivière, dans les ruines du vieux château, sur la pelouse du stade, et le parking du supermarché, alors que le sommeil était avec moi, bien au chaud, dans mon lit.

« Ce soir, ai-je pensé, je prendrai le sommeil, et je le porterai dans la chambre de Maman. »

La nuit est venue avec toutes ses étoiles
et le grand gâteau de la lune bien accroché dans le ciel,
mais le sommeil, lui, n'est pas venu.

Je l'ai attendu longtemps.
J'ai mis mes habits de pirate pour voyager avec lui jusqu'au matin, et puis mon déguisement de fée pour qu'il n'ait pas peur d'entrer.
Mais à la fin, comme il ne venait toujours pas, j'ai décidé d'aller le chercher.

Il n'était pas dans le salon.
Seul le chat rêvait devant le feu.

Il n'était pas dans la cuisine.
Mais quand j'ai voulu emmener Poum le chien
avec moi, pour suivre la piste du sommeil,
il n'a pas bougé, même une oreille.

Il n'était pas dans la buanderie.
Mais une famille de souris avait trouvé le fromage
que Maman gardait pour demain.

Il n'était pas dans la salle de bains.
Et Mireille la tortue ne l'avait pas vu passer.

Il n'était même pas dans le grenier
où j'avais très peur d'entrer.
Heureusement Antinéa l'araignée
gardait la porte,
personne n'aurait pu se faufiler.

Je l'ai cherché partout :
dans mon coffre à jouets…
et le placard de ma chambre…
sous l'escalier…
et dans la cheminée.

J'allais mettre mes bottes et ma veste pour sortir dans le jardin
quand j'ai senti que le sommeil venait de se poser,
très doucement, sur mes paupières.
Alors j'ai mis mes deux mains sur lui pour ne pas le laisser
s'échapper, et je l'ai emporté tout doucement
dans la chambre de Maman.
Ce n'était pas facile dans le noir !

Arrivés près du grand lit, le sommeil et moi étions si fatigués
que nous sommes restés là jusqu'au matin.

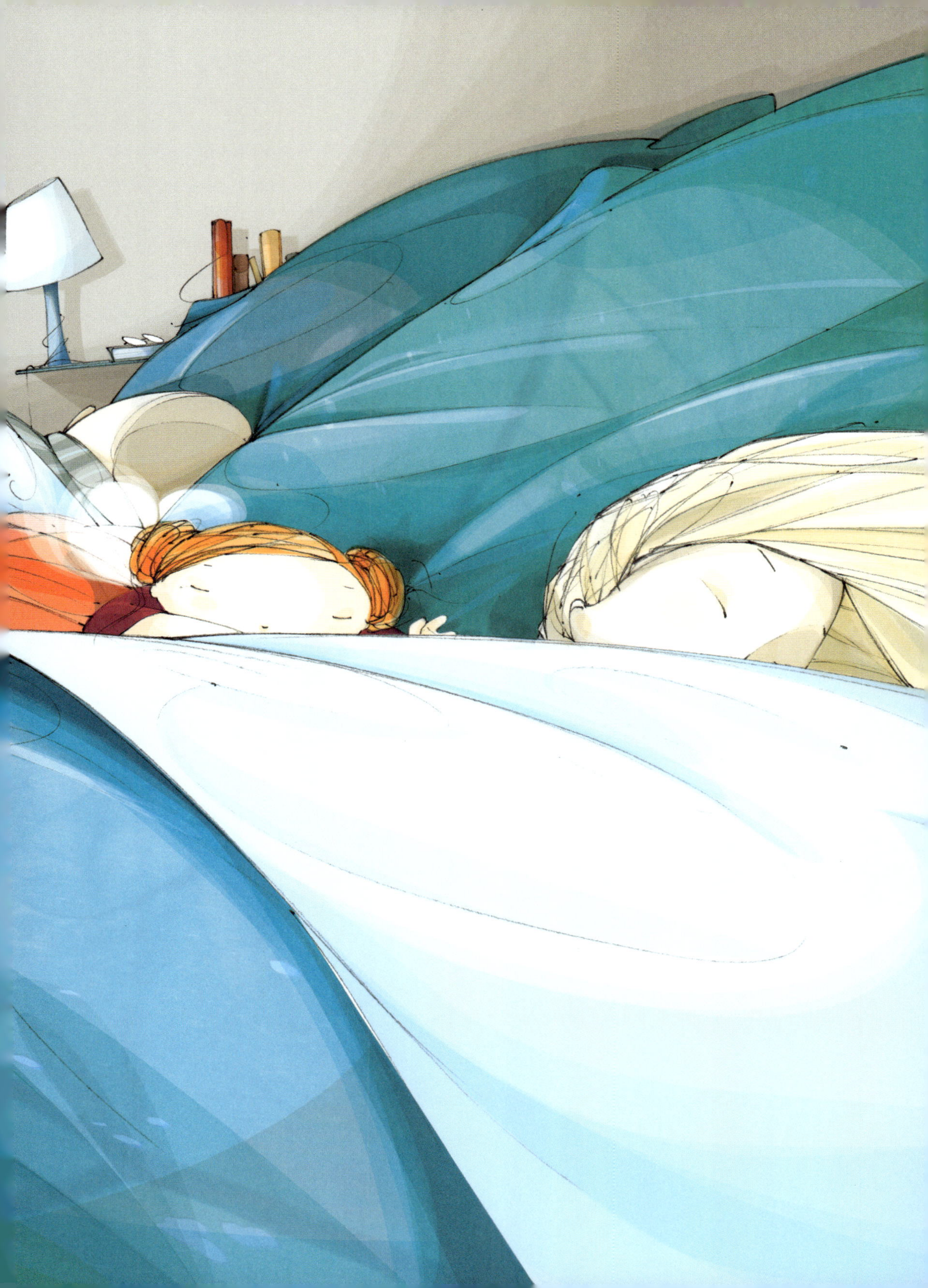

Ma maîtresse est une ogresse !

Sylvie Poillevé, illustrations de Laurent Richard

Aujourd'hui, c'est la rentrée !
Thomas est terrorisé, mais... pas question de le montrer !
Il rentre tout de même chez les grands !
Et un grand... ça n'a peur de rien !
Mais, chez les grands, il y aura
une nouvelle maîtresse justement.
Thomas panique...
Et si elle était méchante ?! Ce serait affreux, catastrophique !

Thomas boit lentement son chocolat au lait,
traîne pour s'habiller...
Mais ses parents le pressent : il faut y aller !

Devant l'école, tout le monde se retrouve
en attendant que les portes s'ouvrent.
Mais Thomas est trop inquiet pour s'amuser.
Il reste près de son papa et de sa maman
qui ont trouvé des amis à qui parler.
Les parents rient, les parents papotent,
et Thomas tremblote...

Loin au-dessus de sa tête, les mots s'envolent,
se mélangent, s'entrechoquent...
– Elle croque la vie à pleines dents ! dit l'un.
– C'est un monstre de travail ! dit l'autre.

Thomas sursaute.
Croque... Dents... Monstre...
A-t-il bien entendu ?

Mais **bla-bla-bla...** les parents continuent :
– Il paraît que cette maîtresse est toujours pleine d'allégresse !

Quoi ? Cette fois-ci, Thomas en est sûr ! Il a bien compris !
La maîtresse est une ogresse !
Oh ! là, là ! Thomas l'imagine déjà...
Gigantesque ! Éléphantesque !
Et puis, et puis...

Thomas tremblote, et **bla-bla-bla...** les parents papotent.
– Ah ! elle s'appelle madame Toucru ?

Quoi ? Elle va le manger tout cru !
Oh ! là, là ! Thomas s'imagine déjà prisonnier
de deux gros doigts velus.
Et puis, et puis...

Thomas tremblote, et **bla-bla-bla...** les parents papotent.
– Le programme ? Elle n'en fera qu'une bouchée ! dit l'un.
– C'est tout de même un changement dur à digérer ! dit l'autre.

Quoi ? Des enfants durs à digérer ? Mais c'est évident,
si elle n'en fait qu'une bouchée !
Oh ! là, là ! Thomas l'imagine déjà...
Mais pourquoi, pourquoi ses parents ne s'inquiètent-ils pas ?!

Thomas tremblote, tremblote, et **bla-bla-bla...** les parents papotent, papotent.

– Elle adore les enfants ! Ils seront vraiment aux petits oignons !

Quoi ? Elle adore les enfants, surtout avec des petits oignons ?

Berk ! Les oignons. Thomas a horreur de ça !

Oh ! là, là ! il imagine déjà...

Driiinng!
La cloche de l'école sonne! Les portes s'ouvrent.
Tout le monde s'avance en riant, en papotant.
Thomas est terrorisé, mais pas question de le montrer!
Il rentre tout de même chez les grands!
Et un grand, ça n'a peur de rien.
Thomas avance en traînant des pieds,
collé aux jambes de ses parents.
Péniblement, il monte les escaliers...

Les voilà arrivés!
Ses parents le poussent doucement devant eux,
et Thomas se retrouve nez à nez avec... une petite dame,
toute petite, toute menue, aux longues boucles rousses...
madame Toucru!
– Bonjour! lui dit-elle. Je suis ta nouvelle maîtresse!
Mon prénom est Isabelle. Et toi, comment t'appelles-tu?

Thomas est tellement surpris qu'aucun mot
ne sort de sa bouche.

20

– Il est trop mignon, mignon à croquer !
dit la maîtresse à ses parents.

Quoi ? À croquer ? Cette fois-ci, c'en est trop !
Thomas doit connaître la vérité !
– Alors, tu vas me manger ? demande-t-il
d'une voix étranglée.

La maîtresse sourit tendrement à Thomas,
lui prend les mains, s'accroupit près de lui, et chuchote :
– Tu sais, si les maîtresses mangeaient les enfants,
ça se saurait depuis longtemps !
Mais je vais te dire un secret.
Je suis une grande gourmande... de chocolat !

Ouf ! Le chocolat, Thomas adore ça !
Oh ! là, là ! il imagine déjà...

Une histoire de singe

May d'Alençon, illustrations de Kersti Chaplet

Dans les grands arbres de la forêt sauvage
habite toute la famille des singes :
les grands-pères, les grands-mères, le père,
la mère, les frères, les sœurs, les oncles,
les tantes, les cousins, les cousines...
et Petit-Singe. Il est si petit que personne
ne fait attention à lui.

Pas très loin,
il y a le fleuve calme et lent.
Petit-Singe a bien envie d'y aller.

Il descend de son arbre.
En trois bonds,
hop ! hop ! hop !
il est près du fleuve.

Vite, il grimpe tout
en haut d'un cocotier
et saisit la plus belle
des noix de coco.

Comme elle est grosse ! Comme elle est lourde !
Et comme l'arbre penche au-dessus de l'eau !
La noix de coco glisse des mains de Petit-Singe.
Oh ! il en perd l'équilibre...

Plouf ! dans le fleuve, noix de coco et Petit-Singe.

C’est là qu’habite Croco-poco-toc-minoc,
le plus grand des crocodiles.
– Tiens, voici un bon repas ! dit-il.
– Non, Monsieur le crocodile, vous vous trompez,
dit Petit-Singe en tremblant, c’est seulement
un tout petit repas. Je suis si maigre, mes petits os
vous piqueraient la gorge. Ce qu’il vous faut pour déjeuner,
c’est un buffle bien gras.

– Un buffle bien gras ? Où est-il, celui-là ?

– Tout près d'ici, mais il faut m'aider à le tirer jusqu'à vous.

– Comment ça ?

– Prenez cette liane solide, et tenez-la bien fort.

À l'autre bout, j'attacherai le buffle.

– Bonne idée, dit le crocodile.

Et il serre fort la liane.

Petit-Singe, mine de rien, suit la liane.

Enfin la forêt !

Mais, entre les arbres… qui s'approche ?…

C’est l’éléphant ; il demande :
– Que t’est-il arrivé, Petit-Singe ?
Tu es tout mouillé et tu trembles.
– Le crocodile voulait me manger,
alors je l’ai attrapé avec cette liane.
– Un crocodile ? Toi, un tout petit singe
de rien du tout, tu as pris un crocodile ?
Tu me racontes une histoire !

– S'il vous plaît, Monsieur l'éléphant, tirez sur cette liane, à l'autre bout vous verrez un vrai crocodile !

L'éléphant est curieux. Il enroule la liane autour de sa trompe, et **il tire… tire…**

La liane se tend.

– Quel gros buffle ! pense le crocodile

Et, lui aussi, **il tire… tire…**

Quand l'éléphant tire d'un côté,

le crocodile tire de l'autre.

Qui sera le plus fort ?…

C'est l'éléphant ! Il traîne le crocodile hors de l'eau, puis sur le sable et sur les pierres, jusqu'à ce que... **crac !** la liane casse.

– Petit-Singe, tu m'as fait une farce, dit le crocodile, la prochaine fois, je te mangerai.

– C'était bien un vrai crocodile, dit l'éléphant. Allons, Petit-Singe, viens maintenant, je vais te ramener chez ta maman.

Petit-Singe, en arrivant chez lui, raconte comment il a attrapé le plus gros des crocodiles ; mais personne ne veut le croire.

– Je l'ai vu, moi, dit l'éléphant.

Alors, toute la famille, et aussi les amis, se mettent à rire, à rire de plus en plus fort. Ils font une fête pour Petit-Singe, le plus petit des singes.

Ils vont chercher des noix de coco, et aussi des bananes
qu'ils mangent tous ensemble.
Quel festin ! Même l'éléphant a sa part.

Puis, le soir, en se couchant dans les bras de sa maman,
Petit-Singe lui dit :
– Tu sais, Maman ! j'ai inventé un buffle
pour ne pas être mangé par le crocodile.

La maman sourit. Elle le berce pour qu'il s'endorme.

Le Bateau rouge d'Oscar

Jo Hoestlandt, illustrations d'Amandine Piu

Oscar a reçu un bateau rouge pour son anniversaire.
Il l'aime beaucoup et l'emporte partout.
Il va le faire flotter sur le bassin du jardin public.
Il y a d'autres bateaux, bien sûr, mais le sien est le plus beau.

Oscar aime parler avec son bateau.
Il pense que celui-ci l'écoute et le comprend.
– J'aimerais bien partir loin avec toi, lui dit-il.
Croiser les grands bateaux blancs qui voguent sur l'océan,
rencontrer une baleine, une sirène… combattre les requins,
les pirates… voir l'île au Trésor…

Son bateau rouge l'écoute sagement.
– Mais on est trop petits pour partir à l'aventure… soupire Oscar.
Il faut attendre d'avoir grandi…

Alors, en attendant, Oscar agite fortement les mains
dans l'eau du petit bassin, pour les entraîner à la tempête,
lui et son bateau.

L'été, toute la famille d'Oscar part à la mer.

Dès l'arrivée, chacun court vers la plage.

Oscar aussi, son bateau sous le bras. Il court vite comme le vent !

La mer s'étend devant eux, à l'infini, ou presque.
Au bout, elle touche le ciel, c'est l'horizon.
Arthur, le grand frère d'Oscar, plonge dans l'eau. Il sait nager, lui.
Pas Oscar. Ni Ambre, sa petite sœur.
Alors ils n'ont pas le droit de s'éloigner. Ils pourraient
se faire renverser par une vague, se noyer.

Le bateau rouge, lui, sait voguer.
Il aimerait sûrement aller plus loin.
Mais Oscar le retient même si cela ne lui plaît pas :
c'est comme ça, il n'y a pas à discuter ! Autour d'eux,
Oscar ne voit ni baleine ni pirate ni sirène
ni requin, qui doivent se trouver plus au large.
Il est un peu déçu, évidemment. Son bateau rouge aussi.

Les jours passent, tranquillement.
Arthur plonge, Ambre fait de beaux gâteaux de sable,
Oscar et son bateau sont inséparables.
Une fois, une grosse vague a failli les emporter !
Heureusement, le papa d'Oscar l'a vu, il a nagé, les a rattrapés !
Depuis, Oscar fait encore plus attention,
et il attache son jouet à une ficelle.

Pour que son bateau rouge ne se vexe pas d'être tenu
au bout d'une laisse comme un petit chien,
Oscar lui suggère parfois :
– Aujourd'hui, c'est toi qui me tiens au bout de la ficelle
pour que je ne m'enfuie pas, d'accord ?

Et ce jour-là, il fait semblant de s'enfuir,
et son bateau de le retenir.
Ils jouent comme deux amis.

La fin des vacances approche.

– Vous avez bien grandi, les enfants ! s'exclame la maman.

Alors Oscar pense que l'an prochain, il apprendra à nager comme Arthur, et pourra s'en aller plus loin vivre de grandes aventures.

– Vous avez tous très bonne mine, pris des couleurs, aussi ! dit le papa. Sauf ton petit bateau, Oscar... constate-t-il avec regret.

Et il ajoute :

– Je me demande si cela vaut la peine de le rapporter à la maison...

– Bien sûr que si ! s'exclame Oscar, indigné. C'est MON bateau ! et je l'adore ! Je le garderai toujours !

– Bon, d'accord ! fait le papa.

La veille du départ, Oscar n'arrive pas à s'endormir. À la lueur de la lune, son bateau n'est plus qu'une ombre posée près de lui.
– Et toi, lui chuchote-t-il, tu as envie de rentrer à la maison ?

Il n'entend pas la réponse.
C'est peut-être oui, c'est peut-être non.
Il continue :
– Un bateau, ça ne grandit pas
comme un petit garçon, n'est-ce pas ?
À la place de grandir, ça vieillit, de plus en plus...

Son bateau ne répond rien à cela.
Sans doute parce qu'il n'y a rien à en dire...

Oscar pense encore : « Moi, je vais grandir,
mais pas mon petit bateau...
Lui, il vieillit, s'affaiblit... C'est maintenant qu'il peut partir...
Après, ce sera trop tard... »

Le lendemain, au moment d'aller prendre un dernier bain,
Arthur et Ambre s'amusent à ramasser, en souvenir,
les plus beaux coquillages de la plage.

Oscar, lui, a autre chose à faire.
Il entre dans l'eau avec son bateau.
Il avance, encore, plus loin que d'habitude.
Il se retourne vers son papa qui le laisse faire et lui sourit.
Oscar fait encore deux pas, s'arrête.
Lui, il ne peut pas aller plus loin.
Mais son bateau, si.

Alors il le pose doucement sur l'eau, le retient encore un instant,
parce que c'est dur de lâcher ce qu'on aime...
Et puis, il se décide, le détache, le libère.
Le bateau ne part pas tout de suite.
D'abord, il tourne comme une toupie, fait un peu le fou,
comme s'il ne savait pas quoi faire de sa liberté !
Pour lui aussi, peut-être, c'est dur de partir...
Mais tout à coup, il s'en va, droit devant ! Il file vers l'horizon, là où,
sans doute, chantent les baleines et les sirènes, brillent des trésors...

« À bientôt ! » veut lui crier Oscar.
Mais les mots restent coincés quelque part entre sa gorge
et son cœur. Alors, pour dire au revoir à son bateau, il agite
les bras très haut, comme si c'étaient de grandes ailes d'oiseau.

Super Maman !

Claire Clément, illustrations de Philippe Diemunsch

La maman de Gabin l'a emmené à l'école.
Avant de le quitter, elle lui dit :
– Sois bien sage, mon Gabinou, et surtout ne t'inquiète pas,
je reviendrai à l'heure des parents.
Au revoir, mon chéri !

Elle l'embrasse et **hop**, elle s'en va.

Gabin reste un long moment les yeux fixés sur la porte.
Il pense :
« Et si ma maman ne revenait pas ? »

Elle pourrait rencontrer la sorcière Abracadabra... ?
qui brandirait son bâton et transformerait sa maman
en grenouille, ou pire, en araignée !

Sauf que Gabin connaît bien sa super maman !
Elle enlèverait son écharpe et, ni une ni deux,
elle entortillerait la sorcière dedans avec son bâton en disant :
– Qu'est-ce que tu veux, espèce d'abracadabra farfelue ?
Tu crois que j'ai le temps ? Non, car j'ai mon petit qui m'attend !

Et elle partirait à toute vitesse.
La sorcière, toute chamboulée, marmonnerait :
– Elle est folle, cette maman...

Elle pourrait rencontrer le loup… ?
qui ouvrirait grand sa gueule et s'approcherait de sa maman
pour la dévorer toute crue !

Sauf que Gabin connaît bien sa super maman !
Elle ouvrirait son parapluie d'un seul coup,
ça ferait **schroooumpf**…
Elle le mettrait entre elle et le loup en disant :
– Qu'est-ce que tu veux, espèce de miam-miam tout poilu ?
Tu crois que j'ai le temps ? Non, car j'ai mon petit qui m'attend !

Et elle partirait à toute vitesse.
Le loup respirerait un grand coup en grognant :
– Elle est folle, cette maman…

Elle pourrait rencontrer le monstre… ?
qui attraperait sa maman avec ses énormes griffes,
puis l'entraînerait dans sa grotte !

Sauf que Gabin connaît bien sa super maman !
Avec le talon de sa chaussure, elle piquerait le monstre,
aïe, ouille ! sur la queue, sur les pattes, et **vlan**,
en plein dans l'œil ! en disant :
– Lâche-moi, espèce de gros schnock toc-toc !
Tu crois que j'ai le temps ? Non, car j'ai mon petit qui m'attend !

Le monstre, occupé à se protéger, la lâcherait.
Et la maman partirait à toute vitesse.
Abasourdi, le monstre lécherait ses bobos en gémissant :
– Elle est folle, cette maman…

COLE

À l'école, c'est l'heure des parents.
Et qui est là ? C'est la maman de Gabin !
– Maman ! s'écrie Gabin en se jetant dans ses bras.

Sa maman l'embrasse, et lui murmure dans un soupir :
– Ah, quelle journée, mon chéri ! Mets vite ton manteau, car je n'ai pas le temps, j'ai le dîner qui m'attend !

Gabin sourit en regardant sa maman. Il se dit :
« Elle est trop forte, ma maman ! »
Car il a tout de suite remarqué qu'elle n'a plus ni son écharpe, ni son parapluie, et qu'il manque un talon à sa chaussure.

Tiens, tiens...
Sais-tu pourquoi ?

INDEX PAR ÂGE

INDEX PAR TEMPS DE LECTURE

INDEX THÉMATIQUE

Bisous

Pour découvrir toutes les histoires
du Père Castor !